# 扉

TOBIRA

佐藤 ひとみ
Sato Hitomi

文芸社

# 扉
TOBiRA

## 目　次

# 〝私だけの特別室〟

私だけが知っている部屋がある…

私だけが持っているカギがある…

でも、ある日突然…

予期せぬ訪問者が扉の中に飛び込んで来て

ドアが壊れる…

心の扉が壊れてしまったお部屋には

どんな優しい言葉も聞こえなくて…

強い風でバランスを崩したヤジロベーを友達は

いつだって一生懸命支えてくれる

ボロボロになったあなたを見つけられなくて

傷が治らない時は

ほんの少しの冷たい風が痛い…

傷が癒された時

前より強くなった自分が衣替えして…

前よりずっと笑顔が増えたね

新しいお友達と手をつないで…

どんな強い風でもヤジロベーは倒れない

…きっと

時が過ぎて、また笑顔で私を迎えてくれる

そんな友達の住んでいる不思議な部屋を

みんな持っているネ

〝過去と未来の時間〟

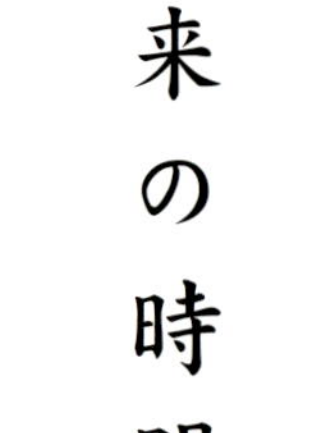

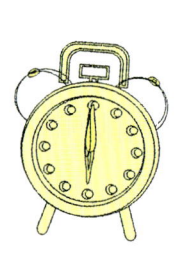

未来は過去から生まれてくる…

気になる未来の扉は…

光の足跡の中に…

未来の扉は作られていく…

今、あなたは何処《どこ》にいるの？

何をしているの？

誰と過ごしているの…？

あなたは…今

何処で光っているの…？

扉の鍵を探しているの…？

未来の扉の鍵は

過去の時間のお部屋の箱の中だヨ…

何処においたの？

必ずあるから…

見つかるヨ

あなただけが知っているその箱は…

ゆっくり探して…

時間はあるから

誰もとらないから…

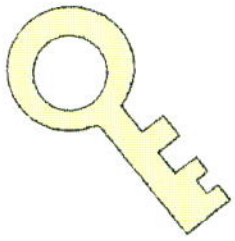

私…待っているネ！

〝誤算は計算の始まり〟

あなたは今、何を計算しているの…？

こんなはずじゃ…なかった

そんなつもりじゃ…なかった

どうして…？

なぜ…？

それは…

これから起きるかもしれない現実を
予測したあなたがいたから

現実は予定外だったりすることが多くて

予測が大きければ大きいほど
誤算も大きい…

あなたにとって誤算も現実ね

未来の結果は計算すればするほど
自分自身を苦しめる存在になって…

…気が付けば

現実から逃げたい自分がいつもいて…

どんな現実も…

自分自身が存在しているから

そんな自分自身を嫌いになって…
それでも見捨てられない自分がいる

一つの嘘が大きな生き物になって
もう一つの現実に縛られて…

誰も知らないあなたの心の存在…

どんな自分がいても抱えていくのはあなた

“計算しなさい”って囁《ささや》く友達が…

“きっと…そうなるヨ”　って

他の部屋からも声が聞こえてくる…

いつの間にか…

囁いた友達も消えていて

現実だけが私の目の前にある…

明日の想像はできても
明日の現実を実感できる人は誰もいない

どんな失敗も誤算も

現実を背負った私は友達に連れられて

新しいお部屋に案内してくれる。

どんなことがあっても裏切らないから…私

誰もいなくなってもずっと側にいるヨ。

あなたに嫌われても…

あなたの中でしか生きられない私だから…

私のこと誰も知らないけれど

あなただけは知っているよね

いつも一緒だってことを…

…だって私

誰よりも一番あなたが大好きだから

# 〝出口のない遊園地〟

あなたは今、何に乗っているの？

いつから来ているの…？

そろそろ帰らないと

お留守番しているお友達が

あなたの帰りを待っているよ…

誰も邪魔しない貸し切りの遊園地にようこそ…

ジェットコースターは
ゆっくりお喋りできないね…

でも、時々乗った方がいいかも…
疲れているあなたの心が
真っ白になる瞬間…

すごく必要ネ…

周りの景色がよく見える観覧車がいいね

お友達ともゆっくり

お喋りできるから…

メリーゴーラウンドもたまには…
風を感じて…

扉の中の遊園地はケガしても
包帯もない…病院もない

誰も止めてくれない不思議な乗り物

スイッチを入れるのはあなただけ…

気を付けて…

自分で止めないとずっと動き続けるよ

目が回らないうちに降りてね

もしケガした時は…

お友達がよく効くお薬持っているから

心配しないで…ネ！

〝言葉が刃物となって…〟

突然、私を襲う

なかなか傷が治らなくて

生傷が絶えなくて…

ガラスの破片のような言葉が

刃物となって、心の扉がある日突然

壊れる…

もう、ずっと前のことなのに…

壊れた扉の向こうにまだ住んでいる…

壊れた扉から聞こえてくる刃物の言葉が

また聞こえてくる…



いつになったら出て行ってくれるのだろう

それでも人は傷になった心を抱えて歩いて行く

生を受けた時から
衣食住と喜怒哀楽を感じながら
…肉体のお洋服着て

光の足跡を残しながらずっと
歩き始めるね…

どんなに食べることに不自由していても
自分の帰るところがなくても
自殺する動物たちを見たことはない

でも人は…

感情に押しつぶされギリギリまで頑張れない

ギリギリの扉の前に立った時

新しい友達がそこにいる…

今までお喋りしたことのない友達が…

**きっと…いる**

そんなお友達とお喋りした私は
前よりずっと強くなって

時々よみがえる刃物のような言葉が少しだけ
平気になったような

これからもきっとまた、
私の扉に刃物を持って進入して来るのだろう

**でも…**

いつだってギリギリの扉の向こうに私を
待っていてくれるお友達がいる

光の中で何人と会うのだろう

深い傷の数だけお友達と出会って

次の扉の案内をしてくれる

光の足跡が私を支えてくれる

これからもずっと…

”ひとりじゃない“

私がいることを知っている…？

ずっと前からあなたのお部屋に住んでいるよ

あなたを見つめて…

これからも…

すべてを受け入れてくれるあなたがいる

あなたは何も否定しないで

嘘つきのあなたも
悲しんでいるあなたも
喜んでいるあなたも…

全部知っている…あなたのこと

毎日一緒にいるね…私と

お喋りもしないで

扉の中を出入りするお友達をずっと

見つめている…

ひとりじゃないよ

あなたの光があるからここにいるの

私、まだたくさんのお友達知っているよ

灯り消さないでネ

紹介していないお友達いるから…

お友達連れて来るから…

待っていてネ！

〝仲良しなふたり〟

あなたは誰を探しているの…？

あなたの探しているお友達を

連れて行くから…

もう少しで扉の前に着くから

素直になれない自分が…イヤ

現実を認めることができない自分が…

聞く耳もてない自分が…

諦めてしまう自分が…

いつも計画倒れしてしまう自分が…

イヤだ…

私…あなたに嫌われているけど

あなたにお友達を紹介できるのは私だよ

だから…もう少し私と

お喋りしよう…

お友達紹介できたら帰るよ…私

もう少し待って

扉の中にはいつも正反対の存在がいて…

やっとお友達と会えた時…

あなたは

前よりずっと優しくなって…

前よりずっと強くなって…

二人はとても仲良しなんだから

…って、私に囁く

〝お喋りしたいな〟

あなたに聞いてほしいことがあるの…

# Room

# Room

# Room

# Room

# Room

# Room

# Room

きょうも囁く声が聞こえる…

# Room

あなたに会えてよかった…

## 著者プロフィール


**佐藤 ひとみ** （さとう ひとみ）

1958年11月　静岡県生まれ
静岡県在住


# 扉
TOBiRA


2004年8月15日　初版第１刷発行

著　者　佐藤 ひとみ
発行者　瓜谷 綱延
発行所　株式会社文芸社
〒160-0022　東京都新宿区新宿1－10－1
電話 03-5369-3060（編集）
03-5369-2299（販売）

印刷所　神谷印刷株式会社





ISBN4-8355-7728-0 C0092